U0728396

36

第 3 6 届 青 春 诗 会 诗 丛

神像的刨花

王家铭 著

《诗刊》社 编

长江出版传媒

长江文艺出版社

王家铭，1989年生于福建。本科毕业于武汉大学，博士就读于清华大学人文学院中文系。曾获十月诗歌奖、三月三诗会新人奖、东荡子诗歌高校奖、樱花诗赛一等奖。

目　录

辑三　上海（2012—2015）

辑 一

紫荆（2019—2020）

歉 疚

——致读者

毫无疑问，这些诗
有着艺术上的瑕疵，
如情感中的歉疚，
面对着天性，
和每一个具体的你。

2020. 10. 10

思

——依旧献给你

所以你还好吗？
是否仍对量子物理
和那些永恒的天体
充满兴趣？

你还是不忍心弃置
某些不美的事物？
为了它们拥有过的
被命名的一瞬。

如果你向我提问，
我将在隐怯中无言。
除非你问我
如何在诗中认识自己。

我几乎记下来
你的每一句话。
不要疑虑，生命中
没有更深的失望了。

曾经面对你，感到
一切理所当然。
那信以为真的时刻，
俨然我全部的能力。

2020. 10. 10

上海之忆

——赠 w

去年五月，我在金山度过了
毫无压力的一周。你家中
每天换着花束，它们的碎瓣
在落地镜里也成为一种装饰。
很奇怪，这是我最先唤起的
关于那段时光的记忆。我几乎
不可抑制地想写那些花儿，
我还记得你妻子出门前的嘱托，
记得我的认真和你的敷衍。
也许生活就是这样，在微妙中
保持平衡，工序般推进时日。
而我们的对话，得益于距离和
年月，比过去更晓畅了，我甚至
时常获得一种餍足感，例如倾吐
悲伤后的惭羞和对坏心思的宽宥。
今年你搬到了新居，离城市沙滩
更近，却没有时间去看看那块
海葵石，它因为台风的暴力
被截成两段。你对甜腻的海棠糕
大概也没有兴趣。其实这些

都只是我从自己的回忆中随意
提取的，你甚至可能不知道
它们的存在。你只是无聊地
陪着妻子去过了马德里和成都，
或一遍遍带我们去到黄山的老家。

2020. 10. 3

结　晶

我将你称之为"蓝鹊"，尽管只有
尾部的一点颜料，晴天般出现在
去往熙春园的路上。像是浮絮中
伸出一双手把你捏塑，我称之为
"偶然"。校车使劲地拐过弯道，
你仍啄食，直到夕光把最后的
小米照得璀璨。你振翎飞向河岸，
那里蒲草微荡，湿土里埋着暖流，
而我的心跳抑止，确信了"诚恳"。

2020. 10. 2

疏　漏

窗外依稀可见延绵的西山，像一条平线，
但被几座高楼打断，阳光投在那些豁口。
近处有赭红色的屋顶，阴影照在下面
骑车的人身上。他们正穿过紫荆路，
消失于河的两边。附中操场传来
运动会的声音，连水汽也变得激越。
起重机沉重地抬头，在看不见的某处。
侧柏微微摇晃，试图搅扰到这一切。
室内踱步的你我，终于坐下来
翻读了几页文字。如果把手拊在台上，
几乎能辨认肉骨的粘结。万般踪影
仿若家乡的咸橄榄，补愈茶后的干涩。

2020. 9. 25

启　迪

——赠张远林

充满了厌倦。而我将去洗澡，
仓促地，在热水停止之前。
我将发现你短暂地离开过，
直到取回一瓶冰饮料。房间
每天有一点小变化，
比如新书加入书架，
窗台比昨日干净，去年旅游时
带回来的贴纸终于派上了用场。
似乎只有不停地挪移与增损，
才能让宿舍生活满足我们
对风景的想象。如果足够空虚，
我们还将去到校河的尽头，
盘算着封闭时期如何从外面
游进来，不会碰到铁丝网。
说真的，有时候只有无聊
才能让我感到充实，那种无事
可做的快感，胜过与恋人相处，
胜过阅读和写作。这只是我
一时的想法，很快湮没在你
放出的香港老歌中。几个小时前

我们穿过长长的新民路，
看见苏世民书院像租界般明亮。
这是该倾心还是揶揄的时分？
而几朵黄花在草丛中，飞蛾绕着
暗暗的灯火，我喜欢这景象，
还留心到路两边的树叶，竟是
不同的颜色。在一幅校园地图前
我们重新辨认着方位，感觉像
被哪个星体的光照得晕眩，
有一种"欲望满足后的厌倦"。

2020. 9. 24

番石榴

早餐时，才闻到它们的清香，
是从粗粝的表皮挣出，穿过红色
塑料袋，赐福般地，到我面前。
想起睡眠时，这馨气就已经
附在木桌的纹横、光线中的尘埃
和八月潮润的空气里，我像是
坠入了某种熟悉的经验中，
被安全与恒定包裹。然而昨天
我已惊异地尝过这本地的果子，
与市场所售决然不同，来自农家
温良的种植，由某位联系仍频的
远亲带来。是这样小，两指
即可环握，我把它放入那饮茶的
白瓷杯，相信颜色的元素
将留到未来日子。直到那微弱的
凝聚被解散，某一刻回忆起
果皮的酸涩与籽粒的坚硬。

2020. 8. 26

杂　念

病愈，走到恬静的操场
感到一切处境
仍可挽回。坐在湿草上，
感到自己的脚
变成鸭蹼拍着河水。
或者成为猴子，
金色的绒毛挂满汗。

——这一幕尚未发生。
实际上仍在病恹中
感到所有事物在消耗。

唯有起身，唯有写诗，
去记下欲望。
唯有杂念包围的身心
真正拥有天然、绝对和健康。

而非静穆。

2020. 8. 24

送　别

送走了你，
想起谈话时
河边柳树
投下的炽烈的影子，
我才感到
一种难以解释的情绪
战胜了近些天的贫乏。

头脑中两种音乐交汇，
我毫无耐心地奔向一首诗。

2020. 8. 17

梦见你

许多天了，
他终于试图写作，
记下这久违的欢愉。

但是困意迅速降临，
努力白费了。
他陷入感激中——

至少仍有可能
再次诞生关于美的一切。

2020. 8. 16

月　台

铁道边的湿梨花，
需要仔细辨认。
直到看出它的瑕疵。
直到星空闪耀地拥挤。

2020. 8. 15

山　羊

河滩的气息，夏风轻快地吹散
到花圃中，到野扶桑晃动的影子里。
一群小山羊沿着缓坡走来——
我不是第一次见到这大地上的珍珠，
黝黑，俊美，似乎都不用抬起脚，
就移动到了河岸。小镇上它们拥有这天地
毫不羞怯，好像世界天然地安全，
好像没有别的声音会从这里发出。
不需要什么努力，它们就获得了
无垠的一天，把过去和未来
取消了的一天，浸透在松弛的风里的
一天。它们吃草，但不停留，
走得比以往更快。听不到叫唤声，
但我感觉有一些漫不经心的词语
被它们说了出来。其中的两只
不时抵住犄角，马上又轻捷地
跃开，这是它们之间神秘的
通话吗？它们是如何把彼此
置身于那瘦削的淡影，不用投去
任何修长的一瞥？围墙隔开河岸
与江滨路，我没有试着离它们更近，

去摸摸美丽的脑袋，或者沾一沾
湿湿的唾液。我看到最后面的
小羔羊摆了摆尾巴，扭着臀部
快快地向前，消失在河水尽头。
好像在一个闪念里，这些画面变得
不真实——我处在善良、空虚的愿望中。

2020. 8. 13

惠女湾

过去是林场，今天
仍为山黄麻所包围——
它的茎须，
和绿叶
一起铺在屋顶
以及后山，
像地毯，
松垮，窸窣，
埋着一些坑。
走过去，刮到了，
原来是种子，
指盖般
如尖锐的
小松果。
——她记忆中的
集市上见过。

海湾
平整地蔓延，
左边是东白山，
鬼树湾，

斗尾港，
八女岛稍远。
湄洲湾
在视线之外，
右侧
风车岛
似在升起，
来自一双手
温和地托举
——

捧出来
灯塔
在离岛上，
距离美术馆
六公里。
这样多的"屿"
围着小镇，
盐草的味道
附在游泳的
村民身上。
古森林遗址
夏天以前，

海浪把"蓝眼泪"①

推过来——

像狡黠的精灵

就要握住脚踝

又转身离去。

回来了，

第一次见到海树，

鹿角般耸立

在书房中，

不到半米长，

好像它的存在

让夜色

有些稀释，

一种形式

和语调，

变得粗糙。

好像把海下的

那一声闷吼

铆固在

它灯芯似的

————————

条纹之中。

2020. 8. 11

色彩学

——给 f

在那儿，深灰色礁石
围成海湾，随着波浪
变幻光泽与形状。

我们第一次发现青蟹，
这样小，从珊瑚底下
翻出来，像花开出了蓓蕾。

而蕨类植物被迅疾的
脚步踩过——为了跳到
海鸥的影子上。面对

黄褐色山岩，仙人球
被高处的风刮皱了脸。
右手边横躺着巨大的

龙血树根，像是越过了世上
所有的沙滩来到此处。
此刻蔓草如帽檐，缠进了

光浪中，你说起每一种
颜色怎样分散它的阴影
到水的泡沫中。或者是

镜头里那甩出去的长杆，
伸到海中，到漩涡的中心，
像在打出告别的手势。

2020. 8. 8

哀悼一只猫

——她叫花花

你的形体消逝了，谁的形体
不是在命数中求来世福？

顷刻，我在崇福寺里感到
旧日愁绪攀上了眼睑。

梗阻还是哽咽，想象你腹痛
如何打翻盆子。一夜蔽身，

你的宇宙剩一个"寂"字，
而新的粮食留到了秋天。

不是那鱼骨，刺穿你肠胃，
血浆，混合着毛线和粪便，

或其他事物，不是多与少
的问题，根本上是生命如谜，

我们为此付出了什么。
我为此尝到了后悔的滋味。

没有告别，没有最后摸摸
你的鼻子，确定的事件里

充满不确定。让风温和地
把你吹走吧，再回到那母腹，

重新咬啮，奔跑。往生
不再对自己无能为力。

2020. 8. 7

离　岛

桥底下是海吧，黑沉沉
分不清滩涂与陆地。
往回走，一片枯叶落在小便池，
像挂满血丝的眼睛。左手边
是露天停车场，黏糊糊的嘴吸入
那些鼓着鱼鳃的车子。
嚼成一团，糟透了，心怦怦怦
回到人群中。女人在沙地里拍照
她会永远珍视这记忆。醉酒者
无比兴奋，所有感情流露，
想象力胜过了做梦。
回来了，烟灭在牡蛎壳，
一只飞虫翻过了旅途的叠嶂。

2020. 8. 6

青春梦①

由老而少，一生中的几个小时，
痴想入梦，她的宇宙进化又退化。

变脸，这样的天气在荷畔；
变身，昨日哀愁随头簪解下。

通政巷里，我忆起旧街头
拍胸舞者有些粗犷。二十年后
第一次踏入嘉礼馆，听傀儡调，
始知本地话里门道儿多：
"脱裙裾换霓裳"，
"真个闷割人心！"

2020. 8. 5

———————

　　① 《青春梦》，泉州提线木偶戏，节目中的"变脸"和"变身"，技艺高超，出人意料。

半屏山

那些每日与海对视而在半空中赞美神灵的
砂石，球茎的火焰般的心脏，潮水
把风带到虎皮坊，黑暗中发光的油迹
像在一个绿色杯子里把眼泪斟得满满

为了摘到更多野牡丹，女工发出
唯美主义脑波。说不定他们也闻到了
那首歌谣里冒热气的酸朽味，面带菜色
直到腿筋的纹路和裸麦在咸水中交汇

2020. 8. 5

散　步

我们在夜晚外出，
穿过幽暗的小巷，
穿过集市，融入
广场的人群中。
露天篮球场关闭，
糖厂旧址改成了学校。
小镇的低空
离云层里的月亮
很近。
楼房在老树背后，
像一个人贴着墙。
青年们把谈笑
留在廉价的餐馆。
结束劳动的居民
都成为好伙伴。
每天这样重复，
抱抱妈妈，
没有说很多话。
这样平静，
甩甩胳膊。
经过夜里的寺庙

像经过了梦乡。

2020. 4. 22

窗外传来南音

南琵琶横抱。山色写入蓝靛，
晨光中的讲习所，少女滚烫的
脉搏。芹菜叶子，东市场曾是
它的家，蔫在青瓷色阳台。
"有心到泉州"，她为你弹起
清凉的梅花操，成为剧团里
分神的那一个。下山时竹林
正把杨梅山笼在一片欣喜中，
而春祭的唱词把小黑羊引到
溪边，消失了淡影。藤与门，
一拨茼蒿，红菜团子，三五斤
蹄骨，萝卜糕与海蛎煎。洞箫
声里踮脚看谁做表率，俗务中
挣出来，彩色，解构，骚动的，
看她如何在菩席上为你设考验。

2020. 4. 9

疫　中

关于时事新闻，想听听你的看法，
这里正发生一件大事，不知何时结束。
我们可能的聚会，变得无从计划。
我们对彼此的认识，从过去的友善开始。
每天有那么多消息，但是一点都不珍贵，
它们为我准备好一切，比如像个傻子
活完一辈子。关于未来该如何，
想听听你的看法。我将毫无保留，
如果我们终于见到。我将信口说出什么，
仿佛拥有绝对的信心。你会比我想象的
更纯洁，比所有人都具体。关于真相与幻相
想听听你的看法。让我们在一开始就迷失
而不是越来越艰难。但还是小心点因为
有一种伟大的不同，将发生在你我之间。

2020. 2. 13

开元寺

狮身人面，飞天乐伎，
一千叶莲花瓣……
太守的梦在明晦之间。
他知道了宗教的奥义。

亲族互相带来礼物，
对着一张符纸磕头。
梁间是滴落的墨渍，
神的预言大有裨益。

绕行到东西双塔，
壁龛里还剩些香烬。
勤佛那天日头很焰，
将振作清宵的精神。

2020. 1. 16

洛阳桥

看过了布袋戏，祠堂里
白毫银针混合老树的香气。
让我们把手贴近碑文，
那些词将恢复古代的自由。

从番仔楼眺望，石将军
小如海蛎子，月光菩萨塔
和我们远远地分离。

水阔五里，"万古安澜"，
波纹从脚下荡开。
渔人绷紧的神经忽然松懈。

小糖人握在孩子手中，
像要讲出真实的故事。
让我们站到那红厝里，
说一些可怜、乏味的话。

2020. 1. 16

红树湾

——给 zy

我们循着地图来，发现海岸尚远。
黑飒飒的滩涂，偶尔闪出荧光。
红土层层涌来，但是在脚下停住。
新街只有十米远，隔开芦苇与野草。
你低头沉思，像为了记住些什么。
我想着如果是真正的海滨，
一颗星将从石堆中升起，
把我们的影子照得发白。
此外并无不同，这里的冬日
逐渐清冽。一道晨雾从你眼中消逝。

2020. 1. 14

中　秋

在烧煤的年代，某一天
炉水煮过了沸点，二〇〇四年，
或者更早——总有平常的一幕，
今天回想起来是温和的调子。
关于猫，月饼和木偶戏，她手里的
菜叶子（也可能是某种草药），豆豉酱，
蒸好的番薯有两种颜色，某一日电视的
频道增多了。夏天，呵暑假一再到来，
台风又延长了在家的日子，门前的沟垄
蓄着波浪，一定要穿着拖鞋踩来踩去，
在那些吃过花生的午后。上学了，
知识越来越多，走过的路不取决于天赋，
依然缺乏生活的常识，
就像那时守在炉火，等祖母醒来。
这发生的一切，一个人该如何
在希冀中，更主动，对三十年来的旧厝
心满意足。更敏感，如同一溜凉飕飕
的芦荟，在楼顶的月晕里舒展身肩。
也种过草莓，那动作，放在今日不可想象，
究竟还付出了哪些努力，让生活的真相
更甜一些。不定时的温柔，少了一些

耐心，想起来仍有歉意。仅剩的照片
三两张，当时还是黑头发，曾经
和孙女一起入睡，在九点、十点……
那时辰真是远了，尽管从记忆抱得满满
所爱之物。愿她知晓。真的在庇佑之中。

2019. 8. 31

辑 二

北京 （2016—2019）

三都澳

轮渡驶出下午的天色，像从
海水的颜料中，蘸了微微的一笔，
给我们心头绘上螺纹般的线描。
身后，远山被一桶清水淋过，流屿
是掌心的微火。恍然回到
漕运的年代，船工开斫，补漆，
而枯荷如愈来愈多的记忆，
风景的负担。马缨丹指引岛上的路，
公馆楼和修道院，雀静中鲜绿，
年长的姆姆在露天花园里
梦见远客。想军舰驶出白练，
是稍息还是在晚祷的时刻？
从海上渔排遥望贵岐山，风的
冥思，以及厌倦，都被熔岩理解了。
岸上枇杷，曾露出黯淡的一瞬，
当它的茸毛擦过我们茫茫的情绪。

2019. 5. 18

小 寒

一个干瘪的橘子，两天前，
是房间明亮的中心。它拥有过的时刻
它占据过的角落，它茫然，它清晰。
美丽的男孩曾剥开它。这不公平
太阳沉下来，有足够的时间给他浪费。
想起很小的时候，一点点抠掉茎脉，
这艺术的乐趣，不知道意味着什么。
你多想看他成长，喝着热水，充满电。

2019. 1. 5

过合肥

如此惊异：山势出了合肥
低得像药师的手，从平原里
抓出一把黑桑葚。厂房，
在包围中；河流庄严，但是疑惧。

车窗内，我如第一次出省，
毫无厌倦。昔日的身心在勇气里
强烈抖动。为了某种极限，
回到年轻的、狂热的崇拜。

2018. 11. 27

黑 雨

是写作，还是音乐？把我带入
片刻的沉寂。水杯立在身边，
温和的感官。友人将来访，
鞋底带上昨日之雨。
他不会知道，有颤抖的颜料
曾涂在燃烧的阴影之中。

2018. 8. 17

茶　场

犁铧从喉音里掠过，
天空被青山的头发缠住。
微雨中，茶场拥有无尽的时间，
脾肺静止，晨露压低了干草……

瞭望台上，主人失去视线，
鸟喙衔起丘陵，碎叶唆入簧管。

山径周旋，攀上早春的音阶。
雨雾让过去重现，梦境如
绿色茸毛舞蹈。直到茶刀摆上
长桌，就要斫开自由的金子……

2018. 6. 26

在太仓

——给 zm

我们点了两杯茶，拍了几张照片，
觉得自己像插页上的人物，有光荣的
忧郁。想起初见的时候，龙潭湖公园
野猫儿不肯放松，挣扎在你臂弯。
而今天是晚风轻飘，南方的路面灰蒙，
秋水晃动让人眼花。即使一丝寡欢，
也是短歌的休止，或细腕里的纹路。
而市舶司更开阔了天地，海商凭信用
出港，立行香石碑。这是白日里的
新知识和旧坤舆。骨制的妈祖塑像，
福建也有发现，总是慈眉地提篮。
从南园路到府县街，梅花如剑气般
英俊，瓶鞘里的古镇清泠又轻盈，
显我笨拙、深沉，只剩下道德。
但快乐。快乐是视线阻碍了视线，
你在人群中偷溜儿拍照，爱用黑白
底色。是警惕的小鹿，不被无聊的人
带到无聊的人间，假谈笑。十一月，
这港口滚动着集装箱，我们在南方，

像蜻蜓飞出青草，掠过天台上的望远镜。

2018. 1. 24

Sonata

更安静了。像一个人从山谷中来,
单色气球贴着峭岩升起。
那为你拂走黑暗的,
不是音乐,
是果实轻坠,
蔓藤花缠在湿头发。

2017. 12. 28

平安夜，后海

甚至一捧塑料花也掩不住假面，谁会因为无聊而自杀？
成为旧居的石门于是被披了灰氅，成为枯干的植物并呼
　吁对死负责。
叶鞘里丢出来两条线路，虽然胡同的复眼折进了砂纸。
而摩挲的手窃走暧昧，每个商店是小型文库，有人把无
　聊填满了噪声。

2017. 12. 26

灰　暗

这些天，写诗的愿望更强烈了……
像回到了在校的时候。
但工作令我感到辛苦、病恹，
如弓弦架在膏肓的白昼。
只有深宵和花园充满了变化，
把我灰暗的心带回星空。

2017. 12. 19

年　轻

每一天
都是这样焦虑，
似乎我已不再年轻。
（我还年轻，
仍然爱着，——是的。）
临睡前，一个声音说：
请继续，
请叫那预言成真，
然后一切重新开始。

2017. 12. 10

忍　耐

餐后，离开人群
踩在江南冬天的田埂，
天空——自闭的钟摆
碾出几道深辙。
苔痕，寒枝，密岭，
白荷，松菌，精柏。
游魂学会忍耐。

2017. 12. 2

雾中风景

篱笆上结起了柿子，红色的，
在晚风中获得她的形状：
一种内向的纯粹
和绝望的本能。因为目光
是从高处凝聚，像辨认异性面容。
多少理解了，这窗外的灰霾，
这风暴的翻越！

2017. 11. 22

诚　命

对于自己
我已经获得了
评判的权利。

是某个遥远的夜，
如青山对抗严寒，
镜中浮现霜雪。

想到一种诚命，
就仍有意愿
回到原初的开始。

2017. 11. 19

无　端

结束了一天的工作，
享有青春耗尽的愉悦。
情愿庸俗而堕落，
像采石工人在乡间酒馆
舒展裸露的四肢。

2017. 11. 16

偶　遇

我看见，榆树林
在激动的车流面前，
形如渊薮。
我不知道，
是何物曾如幽灵垂悬，
在漫长的努力中，
被吸入叶片深处。

2017. 11. 1

良宵引

我自会珍重，
闻落木愀然。
我当醒来，
在你寒噤的肩头。
这花园从清晓里
涌来一种悲切。
你的手将摸到
我白蝶般的幻象。

2017. 10. 28

夏　天

醒来，更疲惫了，
像是被某种目光凝视过，
像是有人替我消磨了那沉闷的夏夜。

2017. 8. 5

钦州路

那漂亮的流线，
由野蜂从苜蓿丛中织出。
我们沉溺在廉价的欢乐，
忘记不久前还互相嫉妒。

2017. 8. 5

夜游岳麓山

——赠荣光启、李浩、朱赫

夜晚的长沙沉睡在江流的一段，遥迢的街心无限延伸，
似轻飘飘的记忆，一个到处留下痕迹的梦影
把我们托举到了山脚。书院牌坊，其实是在校园外，
但何处是妙门的界限？隐秘的热量里拧出了水，因为
  盲目
而多了两分欢愉。这是跟自我话别的时刻，越过石阶翻
  过山坡我们
团结在初夏的一隅。这是黑暗笼罩却能目视一切的
  时刻，
凭借谨慎、耐心和勇气，山麓绵绵自低垂的星空流出。
在爱晚亭你把电话拨给了友人，肺腑被凉风灌满像是
蒲草填满了无名的泉潭。还要说起爱人在此读书的岁月
那种感觉，仿佛命运的鼓点把诗歌诞生。仿佛这蓝蓝的
  星球
只剩下亲密的关系。说如何在一条旧路里辨认出
陌生的惊异，无忧虑的思忖顺着藤蔓爬伸
到小广场，到佛学院的檐铃，使人心情柔和。
然而永恒的童年引领我们上升，就像江右多义士，无名
  的碑墓
非治史者不知一二。要经历多少失败，

才知道这一生都空落在草木的灰寂里。要迎着犬吠踏上

裸露的黑石，相信前路意味着安全、从容和理解。

这也是清夜里友谊的波轨："乌溜溜的黑眼珠……"

乌溜溜的鹿蹄通往乱皱皱的阡陌——在三分之二山腰，

凌晨两点三十四分，月晕层环叠扣，声音流逝之外，

突然闪亮的江对岸竟然把近处的草叶照得靛蓝，

无法克制的泉声注满了耳廓。我倦于寻找下山的路，

斜径如锯齿，水洼合围平地，松林有回声让人幻听，

不如在此等候黎明到来？可有湘地巫觋，采夜游者的魂
　　魄入药？

可有狸猫的影子，优越它的敏捷与视力？

想象白天会议真诚的讨论、顺遂心志的发挥，只好从
　　野路

碰惊险的运气，毕竟要在不断满溢的黑暗里

分辨银河须臾的光亮。亲爱的友人，

你听见我们的脚步

掀起了窸窣涌动的波浪，是踩断枯枝的声音，

是多年黄叶薄脆、优柔。你看见小蟾蜍躲进了保护色，

云彩流经舒缓的天幕，你知道我们心底最后的黯淡消
　　逝了。

临近四点钟，山路在身后恍如梦境，矮平房指着人间近
　　在眼前。

师范大学、图书馆、出版社兀然耸立，楼道的光亮清辉
　　掩映，

终于下山来像是用全部的记忆拨出了又一个号码。

晚班的士把我们带往城市最后的清醒，湖南米粉和疲倦
　　的摊贩
都是这个世界屏息的一瞬里，轻轻扬起的美与温柔。
我突然感到自己理解了某种歧义：多年相识
有真实的满足，不是在修辞里划桨，不是为知识抛出
　　锚尖，
而是像在夜半淋浴，享受欢会后的幽眇——
这如期而至的生活。

2017. 5. 22

在嵩北公园

请跟随我，在前寒武纪时代
一点儿油迹洒到的衣袂里，在岩层进化为煤炭
野獾出没在积雪的奇迹中，那新踏进的领地，
山韭和嵩刺蒙住了邝岭的眼。上坡的路，
那是我们的虚荣，像一曲挽歌被琵琶弹奏——
她呵气的动作，仿佛在河床里摸到了鹅卵，
提醒山顶微寒，耐心要被消耗掉。
于是松果滚落我们的脑海，快步向前，
追上想象中的
自己。剜开来白石流淌的路径，在摇摇
欲坠的嵩顶北坡，危险的高点，
梦的止境，和峰杪一道克服恐惧。
然而我的一生不是第一次
登临，今天终于被懊悔侵占。相机败坏了
我们的痛苦。至少是我的，体内的草垛，
残茬围成的盛宴，对命运的揣测无声息，
无可望尽的远山包围了村落。下山经过道观，
藜棘勾在裤脚，奔涌的琴弦，早已回到人间。
返程的列车呢，我跟随你。何处停靠，梦无声奔驰；
等小雨初下，有多少变幻，远远超出了

我们知道的世界。

2017. 4. 9

拉赫玛尼诺夫

直到姜汁涂抹双眼，一个赌徒驱车驶过你额头。

直到有人在邮轮上挥舞双手，不是谁的幽灵骨立在
　北方。

直到琴声分开了山脊，坛子里装满鳄梨与夹竹桃，

并呈现出深渊：药剂在最后一缕光中看上去像水果。

我焦热的大腿被军舰鸟咬过，为什么不给彼得堡宽恕？

我加州三月无声的弥撒曲呢①。栎树把海岬当成了
　悬崖，

暗自发声的陨石用尽了精力，骚乱的人群彼此毫无
　益处。

树篱间乡村教堂保留着原样，而最初的枝条献给了
　祖父。

2017. 3. 18

---

① 拉赫玛尼诺夫于 1943 年 3 月在加利福尼亚辞世。

圣诞夜

今年是在公共汽车上，没有雪
打到紧闭的窗户。冬天在衰退，
就像我摈弃久远的回忆，透过彩色灯枝
看城市纤维伸进了骨径。是否有
柔软的石子被车轮带起，又面临彗星般的坠落和肿胀。
谈话云端席卷的声浪啊两小时后命盘的诱惑与劝导，
都提醒我出发宜迟，筋络全在水银的孤岛。

门德尔松异域喧响如抑郁。我干脆不作声
仿佛七〇年代被逐出列宁格勒之人，
触电流饮啤酒摸锈蚀的火机。啊圣诞夜舌苔发白
猫咪整晚做玛瑙杯中的梦。邻座把尿意带到了草坪，
手抚烟盒陷入腐烂的银河。没有人
因我而麻木，没有人一下子从青春坐进了嘉年华，
我的视野只看到了荒野，风信停歇的一瞬。

2016. 12. 26

在海淀教堂

四月底，临近离职的一天，我在公司对面
白色、高大的教堂里，消磨了一整个下午。
二层礼堂明亮、宽阔，窗外白杨随风喧动，
北方干燥的天气遮蔽了我敏感的私心。
——我不确定自己是否用对了这些形容，
正如墙上摹画的圣经故事，不知用多少词语
才能让人理解混沌的意义。教会的公事人员，
一位阿姨，操着南方口音试图让我
成为他们的一员。是啊，我有多久没有
参加过团契了。然而此刻我更关心这座
教堂的历史，它是如何耸立在这繁华的商区，
建造它的人，是否已经死去，
谁在此经历了悲哀的青年时代，最后游进
老年的深海中。宁静与平安，这午后的阳光
均匀布满，洗净了空气的尘埃，仿佛
声音的静电在神秘的语言里冲到了浪尖。
这也是一次散步，喝水的间隙我已经
坐到了教堂一楼。像是下了一个缓坡，
离春天与平原更近。枣红色的长桌里
也许是玫瑰经，我再一次不能确定文字并
无法把握内心。我知道的是，

生活的余音多珍贵，至少我无法独享
孤独和犹豫。至少我所经历的，
都不是层层叠叠的幻影，而是命运的羽迹
轻柔地把我载浮。此刻，在海淀教堂，
我竟然感受到泪水，如同被古老的愿望
带回到孩童时。或归结了
从前恋爱的甜蜜，无修辞的秘密的痛苦。

2016. 12. 7

夜　雪

应该预感到，车辆和行人稀少，
归程被阻隔成一个秘密。
公园外，湿漉的地面漂浮着犹豫。
只剩下杉树，自身的寒气被针对，
像野兔子钻进了公寓。

应该分辨不同颜色的时期。
今天是灰白，如腹部的思想
凝视我，把我引入男学生
女学生的旧途。说话时，
枝上落下来我们敌意的世界。

水滴周旋在银杏果，又加强了
身处此地的彷惑。应该不应该，
都是深情的面孔作祟。我让自己
坠入内衣绷紧的虚空。那秘密的
白点，涣散着我们肉体的初衷。

2016. 11. 22

为李辉的婚礼作

东湖宾馆第一次记下了
我们的青春。对岸有珞珈山，
几年前的光影似在重现。一早天色灰蒙
湖面负担了所有的光亮；友人渐次来到，
在草木强烈的气息中，都成为新鲜的宾客。
长堤，浅滩，林荫，不知觉，静静环绕
扩大了紧密的联系，像一个安静的圆弧
让时间不可测度，让所有人
仿佛都是初次相识。而奇迹正笼罩，
在你们中间。幼年时她就在
你十几年后去到的武大校园
在葱郁的林间，留下了珍贵的影子。
旧照或许会发黄，但阳光永远倾注那一瞬
——永远恣意，盛大，怀抱欣喜
并分洒到了研究生时上海的树叶。

我知道有很多别的时刻，
神秘的僻静包围着世界。比如你在
银行柜台间，承受工作与生活之苦。
这也是我时常体验的。朋友们为此
不断发明着自己深邃的一面。

噢当你在婚礼上留下泪水，
我知道那不仅仅是某种激动的战栗，
它饱含了热烈和亏欠。如我久违的灵感，
时而凝滞，时而流动，有时候什么也不能做
有时候为爱人、朋友付出了全部。
十月的武汉，上午，白昼清晰
合影将留存，仿佛书的一页永远被翻到。
晃漾的餐桌上，食物像情感一样裸露
供给我们，纷扬的意义。

2016. 11. 4

春日冷雨

——为艾青

春日冷雨，替你守住旧宅
每一滴都像清泪，浸透无名者的尸骨
巴黎何止是异国，渺远的堤岸抽不出新绿
……土地上悬挂着天空，悬挂着
船坞废旧的命运。无数个老父亲
在画展中突然出现。像平静的婚姻
陈词胜过了悲哀……什么在断裂？
锯齿般的人生，划开榆树的冷意
晚春倾坠如秋毫。是否有故交
多年以后，递来近海的杯盏？
春日迟迟，冷雨涂洗残碑
在你诗的结尾，红色调低了天幕

2016. 10. 14

在济南

生活缺少一些秩序，那手动的
蹉跎，活生生一个秘密
趱入我诗的泉眼。而不是泉城，
不是在大明湖找词、折柳，
就被情侣们带入梦境。

你有你的假意，秋水做成晚饭。
一首诗读过了，像走上台楼
看泉水串起了城扉，哗啦养着
新宿的野鸭。

在一首诗里想下一首。
在济南想着冬天、黑嗓子、红乌鸦
稼轩的词工厂。朋友圈传来捷报
快递送到了旧货市场。

送到青年人的旷野中，替思想的羞赧
说出日暮迟迟。为了词不达意，
持有裸体的身影。这语言之干燥
我赠你更多渴意。如山东美术馆

心思缜密，邀约变奏的迷宫。

2016. 9. 5

辑三

上海（2012—2015）

友人将至

友人将至
而未至。我在黄昏的房间里
细数那渐渐稀白的针秒。
窗外有风物，人群各自繁忙。
夏日很小，天色正缩进楼道。
我回味晚餐的温度，
它像女士清凉的裙子，
应该有多种珍爱的方式。
或许只是变暗了，这一整天，
这漫长阴影里——
罔顾一切的忧虑。
回忆中消逝的时间，摆成了
身体的异域。心的另一个豁口，
始终胆颤着，陈述未及的经验。
友人将至，我看着越来越少的光，
从枝桠平移进枝桠，从一则事实
没入遐想的虚无当中。
五月昏沉，没有什么值得反驳，
一帧映像，它即刻为旧，
抓取了我生命的偶尔。

2015. 5. 23

汽车驶过南浦大桥

汽车驶过南浦大桥，
江面在脚下，灯塔架起了盘山
公路。黄杨木，叶子更真切，
在初夏的微光里探进了
每一块落脚之地。
眉目是凉的，那张脸，
在臂膀里越来越低，
脚踝赤裸，小心避开
碎玻璃和脆弱的茎秆。
口中生涩，扭头便是
房屋、空腹的车站、挂在墙上
走了一千里的
山脉的影子。人群稀疏，
涉水的部落
印入瓦片。越来越少
午夜遮住了城市。

雨季将来临，草莓熟透在
敞篷卡车里。
灰色沉降的建筑，
轻易变成了瓶壁上的露珠，

正越来越远。花岗岩

永在户外

镇压了所有叶片的轰响。

2014. 5. 12凌晨，为一次孤独之旅

夜　曲

—— "Hello darkness my old friend."

深入梦境，白色意志在车轮上抖动，
像动物的毛发，风暴的缰绳勒起——

电缆探入舌苔，友人提醒撒下面孔之网，
房间开始漂移，伏击更换了地点。

然后指向你，一次冰凉的巡回展览——
唱公路之歌，从每个器官里浮游。

他们在梦里读蝴蝶的文字，你的清醒
是他们的冥河。只有搏斗才能相遇。

2014. 3. 27

重 临

——为 2013 年回武汉大学作

视野远比前年开阔，山在背后
增添着沉重。暮光里起身，眼睛，
黑色元素，发出一阵酸涩。残梅
早已不在，从何处否定春天的称谓？

旧墙壁躲进了新瓦，屋顶在盘旋，
记忆的回声堆砌着把谈话轰炸。
黄昏和急雨，不断地搬离又重住，
仿佛回到我们出发时的沮丧，
回到那耗尽了青春的旷野中。

剥离的爱的刺冠，友谊的柴薪，
为生活戴上光芒，把诗歌
铆钉扎紧。什么阴影遮住了我，
什么秘闻的夜晚，瞬间大成了
松针。正在寂静中赤裸成高塔。

2013. 5. 7

室 内

音乐在耳畔筑起了工厂，
每一堵墙，都把寒冷往外推。

我们局限在房间，
读地方画报。踏不出去
街上新铺的路。

楼道推迟了黎明的出发
洒水车经过窗外，
环卫工人的女儿，从单调中
作平静的呼喊。

一眼就记在了心里。

但是对什么说遗忘？
忍耐让我们
踩下更深的足迹。

茶炊冷在新的一年。

2013. 2. 10 正月初一凌晨

归　来

起重机在窗外掘出种子，
地上有缺口像是火苗投进去。
我转身，
听她们用低语
漫过餐桌上的荒野，
把银针
刺在奔涌的提琴。
那些瓷器，灰色家具，
长途旅行的期望，深秋的颜色，
在舞会中相互交换
催熟我们成长的原料。
我问情人啊，
谁将学会这苦涩的魔法？

2012. 9. 25

辑 四

珞珈（2011）

诗

朋友们都走了。到海边去
进行一次回忆或长谈；
到北方去，寻找那些
消散的白昼。
我面对着，一再到来的午后
感到一切声音的形象
在消逝，像阴影静卧，
季节的弦停止发动。

我写过一些诗句，
粗粝的沙握在手中。
如今事物都褪去光泽，
上帝的言词也复归平静。

我感到疲惫，如果我
更有能力一些，更懂得爱，
学会逃离自己，我能不能
做得更多？注视一个人的内心
就是喊出她的名字
埋到胸口，无处可去？

从不可能开始，无意义的
节拍松动着每一天。
我还没有见过这样并排的
虚无和永恒。

2011. 7. 5

纸牌的下午

她们用纸牌堆起这个下午
笑声里弥漫着夏天。
柠檬，香樟，淡蓝色的烟雾，
像一双迟缓的手，用银色长勺
搅动着咖啡和阳光。
我站在窗前，想起了辛波斯卡
诗中的那头母鹿，用以表达喜悦
和复仇的力量。我感到自己
如同小说中的一位人物，
他在雨水中负伤，
脑壳开满了紫色的花，
此刻用短暂的意念替代了我。
向人群说再见，礼貌
但不伤感，我在回来的小径上走
是什么携带了我？
孤独，正炫耀着它的言词
带我进入夜晚——这从高空降落的
手工作坊，四面八方的玻璃
让我不断看见自己：
恐惧，遥遥无期，无主宰的审判
都落下了动物般的形状。

我曾经是瘦弱的少年

弓着背走过很长一段路

用脚步连接起小镇

与盛夏的叶子一道蒸发。

这一幕再次穿过了瞳孔和

回忆，如同碎片或者一次惊醒。

夏天无处不在并且

无法对抗，我把白色衬衫

收进橱柜里，来年樟脑的味道

将会填满我悲哀的诗句。

2011. 7. 1

雨

暴雨打消了我的犹豫
出门仿佛遥远的事
雨落却近在手边
像一本书在桌上
反复地翻开，反复地
亮出它水洗的街道
我在黄昏的房间里
感到饥饿和枯燥
感到一天的情绪
如同冰冷的绳索垂落
大片黑色的树叶
在雨水里发动着
冰凉的低语
从来不是宁静
但是我害怕宁静
害怕雨水中断
一条路走到尽头
电影切换画面
突然间忘了谁是谁
谁给我一部小说的结局
和那些沉默的主人公

一起受到了伤害

时间属于勤劳的工作

雨水属于我们

永远是片刻的欢愉

即使雨天侵占了

这一周，侵占了

回忆和等待

失去讯息的灵魂

2011. 6. 24

旧　诗

树叶围住了天空，一组静物
很凉，我们猜我们数着云朵
的针秒，数到这个夏天消散
在蒸发着谷类作物的田地上
在一个橘子被剥开的无限中
但这些都是遥远，我们尚未
相遇于染着各色布料的云南
作坊里，大片的王莲也没有
把我们裹进水面折起的虹彩
之上。所以我要谈起更多的
季节和植物，预言一株台湾
相思，阴影越过冬天的西岸
隔一片叶便是潮湿和醒来的
白光。要学习孩童观察蚂蚁
发现绿海借用了露珠的比喻
每个事物都毗邻着仿佛相爱
的冷杉。多么完整，永恒是
写下一个名字，近乎海岸的
闪耀，我们等待着彼此渡过

2011. 6. 24

暴雨将至

午夜的山楂片
用细细的手指拨开天气，
撑开了屋檐潮湿
但是闪着迅疾的光。

清脆的弧度惊醒梦中人
仿佛一次停电事故——
手术台上充满了乙醚。

旅店老板的女儿美丽
而盘起秀发。谁将打开
黑色的车门献上黑色？
谁在预言里哀悼预言？

我们学习哑语
学习灰色的事物，
向每一次迟到致敬。

2011. 6. 14

夏天的纪念

在高处，在看不见的
桥的远方，你俯身望向江面，
一条采沙船，缓慢拖过它的尾巴，
消失在淡蓝色窗面上。
身后电车尖叫，行人躲闪，
镜头里留下破碎的剪影，
你也留下了
一帧旧照，在寂静中，
在一次定格的密谋里。

江面倾斜，夏天反复斟饮，
黑色吊顶笼罩向你，
罩向这最平静的日子。
你往前走，灯光在车速里
失去视力。水声浮动，
你的身体仿佛散落的点，
随着雾气布满了。最后的
暮色漫天袭来，
事物抽出透明骨架，
迟来的雨意也催涨了江水。

2011. 5. 26

时辰乐音

永远的那最初的声音留住我，
那寂寞的倾听像广场上逃避雨水的
灰鸽子，在午后斜射的光线中，
跳跃进我深埋的额头。那声音
越过窗台擦着时光藤蔓的跟踵
灌满了每一条逼仄的，我身体里的廊道。
我向往日追寻，无数个断片坐着又躺下
把足音落成缓慢的鼓槌，在玫瑰色云层
淌过每一片炽热的火焰。我向镜中窥看，
无人知晓的，却愈为清晰；新鲜的复述
将绽开如水滴，浸湿我记忆的花丛。
永远的那灰色鸽乘雨而来，在我鼻尖轻点，
丢掉羽翼的流线最后，消散入霞光。
我独向时辰的乐音祈求安眠，
安眠我一再浮现的往日之尘。

2011. 5. 12

初　春

穿过梅园开了一季的浅色，
我们踏进草地眩晕的深里，轻盈
并且溢满了。所有多余的事物
也不能使我们分心，所有遗落的念头
将被重新记起。而谈话的盐粒
要在颤悠的声带上走，在你发梢的
海洋里结成冰晶。无预兆的
这法国梧桐张扬着，像是透过了
器皿的裂缝，让夜色从尖顶泼下墨来，
我们却知道，一阵风可以刮跑它，
正如一次呵气可以让脸颊更凉。
最后初春的味蕾，草木露珠
抱紧了膝盖，低头，呼喊而飞转，
我们却消失在时光的阅读中。

2011. 3. 5

姐　姐

这么近，仿佛早已来过，仿佛
一团雾色在水中，一片稻谷
吹着微凉的风。她小心拾起
昨天慵懒的果实，在道路两旁，
收紧口袋像唱出情歌。这平静的
冬日黄昏的降临，不经意的风
拂过前额，都随着身体下沉，
摇晃出潮湿的光。想起不久后
告别的情景，那水鸟的飞翔
也染上一层忧愁的蜡质，烧起来
稀释着薄荷的味道。衣角的白
和皱褶，在掌心的纹路里，
融进了暮色的质地。她往回走，
乡间小路折起，像看不见的水流
瞬间就断了。响声也唤起耳鸣。

2011. 3. 3

东 湖

——给黎衡

三点钟，冬日晴朗的一天，
我们出门，珞珈山
突然像针尖一样闪亮，
刺破了东湖满身的湿气。
如你所知，我们正重新成为
昨天散步的人，重新拨开湖边
那雾水织起的门帘。因此当潮湿
漫溯到我们的身体，你我又变成
任意的两颗水珠，分享着东湖
这失眠一般的安静。
我们走着，湖中心开辟出
漫长的甬道，给城市的灯火
覆上一层薄膜。因此更亮的
是未融的雪，是打湿的鞋子在闪。
五点钟我感觉累，而你的体内
是一群人在走，一些地图拼贴着
飞驰的眼睛。最后还是公共汽车
把我们带回高声部的所在，
我们的色彩在夜色下被抹匀，
均等的呼吸也不能填充

走过的足迹和谈话了。当夜晚
渗入皮肤如同雪意，
你厌倦了陈年的感冒并且
和我一样怀念新雪，
怀念旋转楼梯或者老宿舍楼。
这些时刻一齐明亮又暗下来，
世界快速地收拢，
我们道别，消失如另一片湖景。

2011. 1. 26

在荷塘

——题一张照片新鲜的色彩

在荷塘，秋天细碎的叶子垂下来，
水中石发着低音通向凉亭，
你的镜头里，湖面和倒影
像是隔着一层棉絮，散步者
没有备好遮阳伞，被一个
扑哧着翅膀的情景
瞬间惊扰，落进石板路
微微张开的呼吸里。
画面变得扁平，你把灯光
调暗，把谈话挤出薄薄的水来，
在某一页记事里写下
那迅速漫延的身体的秘密，
带着疲惫，和影子缩成的斑点，
漂洗夜晚漫长的空白。
当发卡松动，倦意来访
你也和新鲜的羊齿一道
在睡眠的水域里，滑行。

2011. 1. 20

图书在版编目（ＣＩＰ）数据

神像的刨花 / 王家铭著. -- 武汉 ：长江文艺出版社，2020.11
（第 36 届青春诗会诗丛）
ISBN 978-7-5702-1873-8

Ⅰ．①神… Ⅱ．①王… Ⅲ．①诗集－中国－当代
Ⅳ．①I227

中国版本图书馆 CIP 数据核字(2020)第 205384 号

特约编辑：姚晓斐
责任编辑：谈　骁　　　　　　　责任校对：毛　娟
封面设计：璞　间　　　　　　　责任印制：邱　莉　　王光兴
_____

长江出版传媒 ｜ 长江文艺出版社
出版：
地址：武汉市雄楚大街 268 号　　　邮编：430070
发行：长江文艺出版社
http://www.cjlap.com
印刷：湖北新华印务有限公司
_____

开本：850 毫米×1168 毫米　　1/32　　印张：3.5　　插页：4 页
版次：2020 年 11 月第 1 版　　　　2020 年 11 月第 1 次印刷
行数：1836 行
_____

定价：46.00 元
_____